L'INDUSTRIE

OU

LES ARTS;

ODE.

L'INDUSTRIE

OU

LES ARTS;

ODE

PUBLIÉE A L'OCCASION DE LA FÊTE DU Iᴱᴿ VENDÉMIAIRE AN VII.

PAR P. CHAUSSARD.

> Quand un Peuple agricole réunit l'Industrie à la propriété, la culture des productions à l'art de les employer, il a dans lui-même toutes les facultés de son existence et de sa conservation, tous les germes de sa grandeur et de sa prospérité; c'est à ce peuple qu'il est donné de pouvoir tout ce qu'il veut, et de vouloir tout ce qu'il peut.
>
> RAYNAL.

A PARIS,

DE L'IMPRIMERIE DE P. DIDOT L'AÎNÉ,

AU PALAIS NATIONAL DES SCIENCES ET ARTS.

AN VII.

AVERTISSEMENT.

J'ai consacré aux Arts libéraux un faible écrit [1] ; je me suis proposé, dans ce nouvel essai, de rappeler les bienfaits des Arts industriels : là je posais en principe que les beaux arts doivent présenter des résultats philosophiques et moraux ; que plaire est leur moyen, mais que leur objet est d'instruire : ici je tente l'application de ce principe, en faisant servir l'art de la poésie à retracer les découvertes utiles à la société, et les grandes vérités de l'économie politique.

Quelques généralités sur l'origine et les effets de l'Industrie ne seront peut-être pas déplacées au commencement de cet ouvrage.

L'abondance des richesses agricoles et de la population donna naissance aux Arts.

Toute nation agricole, dit un philosophe, doit avoir des Arts pour employer ses matières, et doit augmenter ses productions pour entretenir ses artisans.

Les rapports de l'Industrie avec la population sont sensibles ; car le nombre des hommes ne peut croître sans que la masse du travail soit augmentée et que par conséquent les moyens de subsistances soient devenus plus nombreux.

---

(1) *Essai sur la Dignité des Arts,* chez Pougens, libraire, rue Thomas-du-Louvre, n° 246.

1

Ces observations semblent motiver l'opinion de ceux qui placent le berceau des Arts en Asie, où les fruits et les hommes abondent.

Les Croisés retrouvèrent en Asie les débris des Arts. Les Arts passèrent de l'Orient en Italie, de l'Italie dans la Flandre, de la Flandre en Angleterre et en France.

Ainsi les bienfaits de l'Industrie, soit que l'on con= sidère en elle le génie qui invente ou la puissance qui exécute, franchissent et les lieux et les siècles.

C'est l'Industrie qui, réparant les grandes calamités, efface sur le globe la trace des ravages du temps et des conquérans. Tandis qu'ils détruisent avec bruit, elle élève et crée en silence.

Ici commencent les rapports de l'Industrie avec la constitution politique et la prospérité nationale.

Richesse et puissance semblent aujourd'hui une seule et même chose pour les Etats comme pour les particu= liers. En général, et vu l'état actuel de la civilisation en Europe, ce n'est pas le peuple le plus fort, mais le plus industrieux, qui fait pencher la balance politique.

Non seulement l'Industrie donne les richesses, mais encore elle les remplace. On sait que les Espagnols de= meurèrent pauvres avec tout l'or du monde, et que les Hollandais devinrent riches sans terres et sans mines.

L'Industrie, en augmentant les moyens de subsistances et par conséquent de population, diminue l'excessive inégalité des richesses, non pas lorsque ses travaux ne sont affectés qu'à une certaine classe de citoyens, comme dans les Monarchies, mais lorsque l'État, c'est-à-dire le corps de la nation, s'y applique : c'est ce qui arrive dans un État libre.

En effet les Arts, le Commerce, et la Liberté, sont intimement liés. Cela se démontre et par l'histoire d'Athènes, de Carthage, de Rhodes, de la Hollande, de Venise, de la ligue Anséatique, des États-Unis, etc., et par la nature et le caractère même des Arts, qui recherchent tout ce qui peut hâter leur entier déve= loppement.

Si l'Industrie favorise la Liberté, la Liberté doit à son tour favoriser l'Industrie, en détruisant les privi= leges, les corporations, les gênes, en allégeant le fardeau des impôts, en établissant la concurrence la plus illi= mitée, en distribuant, non des avances pécuniaires, mais des honneurs. Alors la consommation des marchandises augmente par le bon marché de la main-d'œuvre.

Deux choses influent sur le prix de la main-d'œuvre; la Liberté par la concurrence, l'Industrie par les ma= chines dont l'effet est de représenter une grande multi= tude de mains. Il demeure prouvé que la nation qui possédera la main-d'œuvre au meilleur marché et dont les négociants se contenteront du gain le plus modéré, fera le commerce le plus lucratif.

Ce n'est pas le lieu de développer les rapports de l'Industrie avec la perfectibilité humaine ; car à me- sure que le domaine des sciences s'agrandit, les Arts s'étendent et se perfectionnent avec le caractère national: en effet tel peuple, dit Raynal, est propre à l'invention par le caractère même qui le porte à la nouveauté ; avec

la fécondité du sol ou la frugalité des hommes qui y
supplée ; avec le climat qui modifie les matières , les
esprits , les besoins, les procédés ; avec l'étendue ou la
situation politique de l'État qui présente ou refuse des
débouchés '.

La situation , soit topographique soit politique , la na=
ture , le gouvernement , le sol , le climat , la population,
le caractère et le génie de ses habitans, tout assure à la
République française la suprématie dans les Arts in=
dustriels.

Ici je ne puis me dispenser de citer la dernière phrase
du rapport présenté par le Jury à l'époque solemnelle
du 1er vendémiaire , où la philosophie associa la fête de
l'Industrie à celle de la République , et releva les autels
du Commerce et des Arts à côté de celui de la Patrie :
« On peut annoncer, disait–il au Gouvernement, que le
moment est arrivé où la France va échapper à la servi=
tude de l'Industrie de ses voisins ; que par–tout les Arts
associés aux lumières se dégagent de cette honteuse
routine qui est le caractère de l'esclavage ; que l'émula=
tion la plus brûlante embrase toutes les têtes des Ar=
tistes , et que le Gouvernement n'a qu'à vouloir pour
porter les Arts au degré de supériorité où s'est placée
la grande nation parmi les peuples de l'Europe. »

---

(1) Vide *Stewart, Smith, Quesnay, Raynal, Mirabeau*....

~~~~~~

L'INDUSTRIE

OU

LES ARTS;

ODE.

O FILLE des Besoins, sœur de l'Agriculture,
Industrie, Arts puissans, rivaux de la nature,
Le rameau créateur à vos mains est offert:
Venez; un jour pompeux évoque vos prestiges:
     Que vos mâles prodiges
Éclatent à la voix de cet autre Colbert!

La Liberté ramene, auguste enchanteresse,
Et les combats de Rome et les jeux de la Grèce:
La palme des talens croît sur l'autel de Mars.
La Gloire a marié, pour embellir ses fêtes,
     Aux drapeaux des conquêtes
Le sceptre du Commerce et la lyre des Arts.

Tel, aux vastes efforts d'une horde insensée
Jupiter opposant la foudre courroucée,
Tranquille, dans les cieux ramenoit un jour pur,
Et, terrassant le monstre aux têtes renaissantes,
De ses mains triomphantes
De l'Olympe rouvroit les cent portes d'azur.

Les flots religieux de la troupe immortelle
Inondent du palais l'enceinte solemnelle :
Les astres sous leurs pas étincellent encor ;
Des trépiés de Vulcain les colonnes mouvantes
Sur leurs bases vivantes
S'élevent et soudain brillent en sieges d'or.

Jupiter des Géans doit enchaîner l'audace.
Il dit : le chœur des Dieux a reconnu sa place ;
Des torrens de clarté remplissent l'univers ;
La foule des soleils obéit au Génie,
Et leur vaste harmonie
Retentit dans l'espace et peuple ses déserts.

Tandis que, relevant une orgueilleuse tête,
L'aigle républicain plane sur la tempête,
Et cherche les regards de la postérité,
Commerce bienfaiteur, toi par qui tout respire,
Ombrage cet empire
Des fertiles rameaux de la prospérité!

Ainsi puisse toujours une palme éclatante
Couronner de ton front la splendeur renaissante!
Qu'un jour brillant succède à tes profondes nuits;
Et puisse des tyrans le superbe caprice
De ta main créatrice
Ne jamais étouffer ou dévorer les fruits!

Fier Dédale, trompant les tyrans et leur chaîne,
Tu dresses vers l'Olympe une aile souveraine,
Tel qu'un triomphateur, des autans escorté,
Et vainqueur de Minos, des airs et de l'abyme,
Tu vas d'un vol sublime
Resaisir dans les cieux ton immortalité!

Jadis de notre Europe enfans durs et barbares[3],
Dans les champs désolés et de moissons avares
On vit se dévorer les peuples furieux :
Au chêne hospitalier, aux forêts maternelles
   Ces hordes criminelles
Allaient redemander un gland grossier comme eux.

D'un cours dévastateur[4] la rage hyperborée
Se déborde, engloutit cette affreuse contrée.
Le faible en frémissant ploya sous le plus fort :
Et, de sang enivré, le démon des rapines
   Sur d'immenses ruines
Fit asseoir le Sommeil, et la Nuit, et la Mort.

L'Ignorance enfanta deux monstres[5] dans les ombres :
L'un farouche, inquiet, roule des regards sombres,
Terrible, et balançant un sceptre impérieux ;
L'autre foule du pied la terre épouvantée ;
   Sa tête ensanglantée
S'élève dans le vide et croit toucher les cieux.

Ils marchent; et la terre est une immense tombe
Où s'éteint l'Industrie, où la Vertu succombe;
Seule domine au loin la Féodalité[6]:
Tel exhalant la mort, empoisonnant la nue,
  Sur la morne étendue
Règne du noir uppas[7] l'ombrage redouté.

Quel silence! le deuil des tours mélancoliques,
Ces déserts, cet amas de ruines publiques,
Proclament la vengeance et l'asservissement:
Voyez pendre à ces murs une main attachée,
  Livide, desséchée,
D'un exécrable droit[8] atroce monument!

Quel dieu consolateur, réparant cette injure,
Vient de son sceptre d'or protéger la Nature,
Rend au peuple son titre[9], aux champs leur dignité,
Et des mortels unis active Providence,
  Des fruits de l'abondance
Couronne avec orgueil le front de la cité?

Attachant aux hameaux la ville fraternelle,
Quelle chaîne magique en sa marche nouvelle
S'étend[10], se développe, étale les bienfaits,
Et, déja franchissant la barrière des ondes,
Embrasse les deux mondes,
De leur fécond hymen surpris et satisfaits?

Paisibles enchanteurs, les Arts au son des lyres
Animent les forêts et fondent les empires.
Quel spectacle! Apollon[11] rassemble tous ses fils :
Ici l'accord des cieux semble occuper Euclide,
Là chante Phocilide,
Là médite Architas, ici vogue Typhis.

De ce nouvel Argo[12] la voile impérieuse
Dans l'enceinte du port s'agite ambitieuse,
De l'Hydaspe bientôt lui promet le tribut :
Le navire glissant sur le sein d'Amphitrite
Vole et se précipite,
Semblable au char brûlant qui dévore le but.

Là, dans ses doctes jeux, l'appui de Syracuse[13]
Oppose au fier Romain le compas de sa Muse :
Le feu du ciel descend dans un verre animé ;
Du miroir foudroyant l'orbe immense s'allume,
Tout le rivage fume,
Et le vaisseau s'abyme en un gouffre enflammé.

Quel art[14] de l'obélisque enseveli sous l'herbe
Vers l'Olympe étonné dresse le front superbe,
Et du fût gigantesque a soutenu le faix?
Il commande, et déja, voisine de la nue,
La masse suspendue
Monte, et va dominer la cime des palais.

De la Nymphe des eaux[15] ici l'onde captive,
De son urne lointaine à regret fugitive,
Accourt d'un flot constant caresser les guérets ;
Là, des vents[16] que retient la toile frémissante
L'haleine obeissante
Dans sa course a broyé les trésors de Cérès.

Le Génie égaré dans ces mines[17]fécondes
Pénètre des rochers les entrailles profondes,
Interroge les airs, et monte dans les cieux,
Descend, franchit le globe, et, sur l'aile d'Éole,
    L'aimant fidèle au pole,
Guide à travers les flots son vol audacieux.

La Nature est domtée; et, fécond en largesses,
Le Travail ennoblit la source des richesses :
Il marche environné des Mœurs et des Vertus,
Et, d'une urne prodigue épanchant l'opulence,
    Venge de l'Indigence
Le mérite trahi par l'aveugle Plutus.

Arts bienfaiteurs, salut! vous dont les bras utiles
Creusent ces vastes ports et protègent ces villes;
Vous à qui doit Cérès son char et ses moissons[18];
Et vous qui, dans la nuit, près du foyer antique,
    Filez[19]d'un doigt rustique
Une plante docile[20], ou les molles toisons.

En réseaux précieux et rivaux de la soie
La fleur d'un arbrisseau[21] sous vos mains se déploie :
Un feu savant féconde[22] un Etna souterrain :
La frémissante scie[23] a divisé ces marbres,
     La hache fend les arbres,
Et le pesant marteau tombe et dompte l'airain.

Les Arts consolateurs sont les dieux de la terre.
Le Despotisme affreux leur apporta la guerre ;
Le mépris punissait leurs bienfaits immortels.
Religion sacrée, ô culte du Génie,
     À ces fils d'Uranie
Viens de l'apothéose ériger les autels !

Arts divins ! Liberté ! votre antique alliance
Des remparts de Minerve éleva la puissance.
Ô ville du soleil[24] ! et toi, fille de Tyr[25],
Corinthe, de deux mers superbe souveraine,
     Palmyre, cité reine,
Sur vos débris savans plane leur souvenir.

Ô Florence! à tes murs leur palme encor fidèle
Deux fois les embellit d'une splendeur nouvelle:
À leur voix la Hollande a régné sur les eaux,
Et des bords qu'habita la gloire anséatique
  Au golfe Adriatique
L'univers a subi l'orgueil de leurs faisceaux.

Au vieux champ des Gaulois quels sublimes spectacles
Appellent mes regards fatigués de miracles!
Calliope, à mon luth prête des sons brûlans!
Dis quels dispensateurs de la gloire-civique
  Ont de la République
Associé la palme à celle des talens:

Dis quel autre Vulcain, dans sa forge tonnante[26],
Prépare des héros l'armure étincelante,
Ce tube[27] couronné d'un fer victorieux;
Quelle Hébé gracieuse a façonné l'argile
  De cette urne fragile[28]
Que Surate remplit de ses liquides feux:

Dis quel heureux prodige[29] et quelles doctes veilles
De l'art de Guttemberg[30] étendent les merveilles :
Le Génie est captif dans l'immobile airain[31] ;
La Pensée, en son vol plus rapide et plus sûre,
      Ira d'une voix pure
De l'auguste avenir frapper l'écho lointain.

Quel esprit inspiré de la docte Uranie
À ce ressort vivant imprima l'énergie[32] ?
Quel savant Archimède a pesé les métaux[33] ?
Quel Pausias fixa la couleur animée
      Sur la pâte enflammée[34]
Qui prête à nos Zeuxis de plus vastes émaux ?

Des saphirs de l'acier vois scintiller les gerbes[35],
Et l'iris des crystaux[36], et ces glaces superbes[37],
La corne divisée[38] où resplendit le jour,
L'or s'alongeant en fil[39], et le métal en toiles[40],
      Et ces limpides voiles[41]
Sur le sein de Vénus flottans avec amour.

En tissus opulens vois ces tableaux qu'étale
L'aiguille, des crayons magnifique rivale[42];
Dans l'olympe envahi vois errer ce vaisseau[43];
Vois ce lustre d'azur qui semble en rais d'opale
  De l'aube orientale
Dans la nuit embrasée allumer le flambeau.

Vois, dans un cercle étroit qu'emprisonne le verre,
Le temps marcher[44], les cieux développer leur sphère,
Et l'onde s'élevant[45] par de nouveaux chemins;
Ce signe, au sein des airs[46] messagers de la gloire,
  Devançant la victoire,
Et dont le chiffre ailé renferme les destins.

Heureuse terre, en fruits, en grands hommes féconde,
O France, l'ornement et l'exemple du monde!
Fais pardonner ta gloire à force de bienfaits!
Et fondant sur les Arts ta grandeur pacifique,
  De ton foudre héroïque
Laisse à ces nœuds de fleurs s'entrelacer les traits!

Oui ; que l'écho, lassé des éclats du tonnerre,
De cette autre victoire entretienne la terre,
Redise de la paix le chant consolateur ;
Et, respirant alors d'une longue tempête,
    Que l'univers en fête
Soit à la Liberté conquis par le bonheur !

           P. CHAUSSARD.

NOTES.

(1) La fête de la République.

(2) Fiction d'Homère.

(3) Avant les progrès du commerce chaque État était une *société isolée*.... n'ayant pour ressources que celles du sol , pour force que celle de ses membres , nulle industrie : delà les émigrations, les invasions, les guerres....

(4) Invasions des peuples du Nord.

(5) La Tyrannie , la Superstition.

(6) Nos pères insensés prirent pour base de leurs Gouvernemens un principe destructeur de toute société , le mépris pour les travaux utiles. Il n'y avait de consi= déré que les possesseurs de fiefs... On ignorait si par= faitement les plus simples élémens du commerce, qu'on avait l'usage de fixer le prix des denrées. Les Négocians étaient souvent volés , et toujours mal payés par les Chevaliers et les Barons.... On faisait le commerce par caravane , et l'on allait en troupes armées jusqu'aux lieux où l'on avait fixé les foires. *Raynal.*

(7) *Buon-uppas* ou le mancenillier. Cet arbre donne un suc vénéneux, dans lequel les Sauvages trempent leurs flèches. L'expérience prouve que ce poison con= serve son activité même au-delà d'un siècle. L'ombre de cet arbre est mortelle.

(8) Le droit de *main-morte*. Symbole affreux de la mutilation de l'industrie.

(9) C'est quand il y eut de l'industrie et des richesses dans le peuple que les Princes le comptèrent pour quelque chose. C'est quand les richesses du peuple purent être utiles aux Rois contre les Barons que les lois rendirent meilleure la condition du peuple.... Les Souverains l'opposèrent aux Barons ; on vit diminuer peu-à-peu l'anarchie et la tyrannie féodale ; les bour= geois devinrent citoyens , et le Tiers-Etat fut rétabli dans le droit d'être admis aux Assemblées nationales. *Raynal.*

(10) Le Commerce.

(11) Les Sciences et les Arts.

(12) La Navigation.

(13) Archimède brûle la flotte de Marcellus.

(14) Machine de Fontana.

(15) Application des Arts à l'Agriculture : les irri= gations.

(16) Le moulin-à-vent. Il fut apporté d'Asie en France dans le temps des Croisades.

(17) Arts métallurgiques.

(18) Arts défensifs et alimentaires.

(19) Arts qui vêtissent.

(20) Le Chanvre.

(21) Le Coton.

(22) Arts Chymiques.

(23) Arts de construction.

(24) Rhodes.

(25) Carthage.

(26) Manufacture d'armes de Versailles.

(27) Le fusil.

(28) Manufacture de porcelaine de Sèvres.

(29) Invention de Didot et Herhan.

(30) Inventeur de l'imprimerie.

(31) Stéréotypage.

(32) Echappement libre à force constante, par Bréguet.

(33) Echelle comparative de la pesanteur des métaux, par Lenoir.

(34) Manufacture de Dilh et Guerhard. Tableaux sur porcelaine.

(35) Acier de la fabrication de Berthier.

(36) Fabrique de Creuzot et du Gros-Caillou.

(37) Manufacture de S.-Gobain.

(38) Feuillets de corne transparente, ramenés aux plus grandes dimensions par un procédé qui appartient à Gerentel.

(39) Ouvrages fondus en filigranes, par Bouvier.

(40) Toiles métalliques perfectionnées par Perrin.

(41) Mouchoirs des fabriques de Chollet et Mayenne. Gazes.

(42) Tapisseries des Gobelins.

(43) Le ballon.

(44) L'horlogerie. Montre astronomique.

(45) Nouvelle machine de Montgolfier pour élever les eaux.

(46) Le Télégraphe.

F I N.